KB206581

낮잠 같은 인생

신유아 시집

시인의 말

진통제 없이도 나아지고 있습니다
연약한 당신의 삶이......
유약한 당신의 삶이......

2024년 11월
시 쓰는 아나운서
시아 신유아

차례

2부 홀로 걷는 미소

3부   때를 놓친 기쁨

4부 시들지 않는 하루

1부

나를 아끼는 마음

행복의 반대말

행복의 반대말은
불행이 아니야
행복의 반대말은
괴로움이지
괴롭지 않으면 행복한 거야

'행복해져야지'
'행복해져야지'
이런 생각은 버려

괴롭지 않으면
행복한 거야

사람들은 너무 큰 행복을 바라

큰 행복을 바라면
큰 괴로움이 왔을 때
버티지 못해

괴롭지 않은 것이 행복이야
행복의 밭에 드러누워 봐

행복 그 자체
그래서 나는 지금 행복
행복이야
지금이 행복이야

괴로움이 들어올 때는
더 냉혹해지자
더 행복할 거라고

용감해지는 순간

잃을 것이 없을 때
비로소 용감해지는 순간

굴곡진 인생에서
가진 것이 없다면
지금이 인생에서
가장 힘든 순간이라면

축하한다!

비로소 용감해질 수 있는 시기가 온 것이다
용감해지면 더 이상 두려울 것이 없다
온전히 받아들이고 용감해지면
비로소 값진 인생을 얻은 것

그러니 그대여!
너무 가진 게 없다고
지금이 힘들다고 슬퍼하지 마라

용감해질 수 있는 순간
지금 이 순간

좀 더 고독해지면
더 큰 세상을 가질 수 있다

턱시도를 입지 않아도
드레스를 입지 않아도
더 멋져지는 순간
용감해질 수 있는 순간
지금 이 순간

가시가 나를 찔러도
맹수가 나를 덮쳐도
지금 이 순간 나는 용감하다

인생사탕

녹여 먹는 사람
깨물어 먹는 사람
녹여 먹다 깨물어 먹는 사람
깨물다 녹여 먹는 사람

인생
다 다르다

각자의
인생사탕

사랑

눈에 보이지 않지만 뜨거운 사랑
사랑을 하는 사람들은 보인다
눈에 보이고 마음으로 보인다

뜨거운 사랑
그 뜨거운 사랑은 어느새 따가워진다
따갑다가 다시 뜨거워진다

무사히 마음에 안착했다

첫눈

눈이 내린다
창문을 열었다
창문 틈 사이로 보이는 첫눈
열린 창문 틈 사이로 눈이 들어왔다
방 안의 공기가 바뀐다
사람도 그렇다
누구의 등장으로 분위기가 바뀐다
마음도 아물어진다

시간

한 시간이 하루 같은 날이 있고
하루가 한 시간 같은 날이 있다

사랑을 하면
하루가 한 시간 같고
이별을 하면
한 시간이 하루 같다

기대지 말자

우리는 원래
네비게이션 없이도
먼 길을 갈 수 있는 사람이었다

예전에는
지도만으로도 길을 잘 찾았다
기대다 보니
없으면 안 될 것 같고 더 의지하게 되었다

우리는 원래
핸드폰 없이도
약속을 지킬 수 있었고
하루를 잘 보낼 수 있었다
핸드폰이 없던 시절에도
우리는 사람을 잘 만나고 삶을 잘 챙겼다

사람은 본래 외로울 때 더 기대고 싶어진다
기대면 기댈수록 더 기대고 싶어진다

우리는 점점 많은 것들에 더 기대려 한다

그러다 보니 더 외롭다
기대는 것들은 언제가 사라진다
사라지는 순간 더 깊이 초조하고 불안해한다

과거의 늪에 허우적거리며
어둠의 유혹에 기대지 말자
오늘의 망상에 기대지 말자

더 외롭고 더 슬퍼지니까
밝은 희망의 가슴으로
무지갯빛 하늘을 바라보는 거다

마음의 온도

인간의 생존하는 평균 신체 온도
36.5도
내 마음의 온도는 몇 도일까?
끓는 물의 온도는 100도 이상이라는데
내 마음의 온도는
몇 도가 되어야 끓고 있는 것일까?

기념일

하루하루는
모두 다 기념일
같은 날은 없다

월……
화……
수……
목……
금……
토……
일……

모든 날은 우리에게 기념일이다
우리는 매일매일
기념일 속에서 산다

양과 음

'양'과 '음'
'양'만 있는 줄 알았다
더하기만 있는 줄 알았다
좋았다
기뻤다
얻었다

스무 살을 지나 머리가 크고
'음'이 있는 걸 알게 되었다
싫었다
슬펐다
잃었다

'음'이 더 커질수록
나는 더 큰 어른이 되어 갔다

생각이 많아지고
고민이 많아지고

깊이 있는 사람도 되어 갔다

삶에는
그윽함과 불규칙함이 함께 있다

'양'이 좋은 것 같지만
'음'이 좋을 때가 있고
'음'이 나쁠 것 같지만
'양'이 나쁠 때도 있더라
'양'과 '음'

첫사랑 아침

아침을 좋아한다
아침은 첫사랑 같다
매일 아침이 설렘이다
첫사랑 아침

하루를 즐겁게 하는
첫사랑 아침
매일 매일 나는 첫사랑을 만난다
첫사랑 아침
매일 만나는
나의 첫사랑 아침

참 매초롬하다

파아란 하늘

파아란 하늘

파란 하늘 아니고
파아란 하늘
볼록한 파아란 하늘

파아란 사람이고 싶다

파아란 하늘에 부딪히고 싶다
파아란 하늘과 눈싸움을 하면
언제나 나는 진다
자기가 멋진 줄 아나보다
언제나 기세등등이다
파아란 하늘에 늘 나는 진다

파아란 하늘이 부서지는 날은
내 마음도 부스러진다

눈과 비라는 녀석들과 숨바꼭질할 때면
나는 고개를 몇 번씩이나 흔든다
눈과 비라는 녀석들이 등장하면
맹장이 터진 것처럼 아프다
천둥과 번개라는 녀석들이 등장하면
파아란 하늘에게 말한다
내 마음이 부스러진다고

파아란 하늘

파란 하늘 아니고
파아란 하늘
볼록한 파아란 하늘

파아란 사람이고 싶다

선택

걸정의 기로에서
생각을 한다

이 선택이
나의 평생을 좌우할 수도 있다는 생각
금광 같은 선택을 하고 싶다

선택은 선택으로 인하여
모든 걸 변화 시킨다
하루에도 몇 번씩 선택을 한다
선택을 해야만 한다

삶은 선택의
연속의
연속의
연속

'이 선택이 최고의 선택이야.' 라고

누가 알려주면 참 좋겠다
실수하지도 실패하지도 않을 테니
결정 장애가 있는 사람들은
선택할 때 참 많이 힘들겠다
선택이 참 무섭겠다

선택 하나로
모든 것이 바뀐다

선택의 선택의 선택
선택의 연속성
선택을 렌트하고 싶다
선택을 빌리고 싶다

빌리고 갚고 다시 선택하고
빌리고 갚고 다시 선택하고

그럼 늘 최고의 선택을 할 수 있을 텐데

선택......

렌트 안 될까?

시간아 시간아

반복되는 생활
반복되는 동선
시간의 빠름을 더 느낀다

급류처럼 흐르는 시간
시간을 붙잡을 수 있다면
얼마나 좋을까

시간을 더디게 가게 할 수 있다면
엄마, 아빠도 천천히 늙어갈 텐데……
내 옆에 더 오래 둘 수 있을 텐데……

잡고 싶은 시간
잡히지 않는다
귀중한 시간
귀하게 쓰자

영원하지 않는 시간

시간아......
시간아......
시간아......

그대로...멈......춰 줄 수 없지?

너를 사랑해서
너를 너무 사랑해서 놓아주기 싫다

시간아......
시간아......
시간아.....

하루 종일

하루 종일

사람 생각

사랑 생각

사람 생각

사랑 생각

하.루.종.일
생각.한다

시시한 생각 아냐

사람 생각

사랑 생각

하.루.종.일
생.각.한.다

아끼지 않는다

사람 생각

사랑 생각

결승전에서 만난다

사람 생각
사랑 생각

부작용이 생긴다
멈춰지지가 않는다

하.루.종.일

생.각.한.다

친구

5살 때 만난 피아노

7살 때 헤어진 피아노

13살 때 만난 피아노

35살에 다시 만난 피아노
피아노는 늘 나를 기다려 주었다

깃털같이 가벼운 피아노

바다가 좋다

바다는 행복이다
늘 변함없이 나를 기다리는 바다
여름 바다는 날 기발하게 만들고
겨울 바다는 날 고독으로 이끈다

기다려
또 갈게

바다야......
바다야......

바다와 나는 볼트와 너트다

우리가 만나면 하나가 된다
외롭지 않다
슬프지 않다

저 높은 봉우리

전혀 부럽지 않다

바다는 행복이다

무인(無人)

무인 편의점
무인 식당
무인 버스

무인으로 돌아가는
깍쟁이 세상

이 세상
나는 소란한 게 좋아

어울려 교감하고
어울려 소통하고

눈은 봐야 하고
귀는 들어야 하고
코는 냄새를 맡고
입은 말해야 하지

세상은 좀 시끄러워야 세상이지

무인은 싫어
인색하잖아
쓸쓸하잖아
소란스러운 세상이 진짜 세상이지

2부

홀로 걷는 미소

개인의 취향

지하철보다 버스가 좋다
세상 구경하는 재미가 있다

햇살 구경 건물 구경
사람 구경 나무 구경

버스를 타면 사람들을
구경하는 재미가 있다

사람들은 서로 눈이 마주친다
이따금씩 그들과 시선 교환
민망할 때는 미소 짓기가 제일이다

오늘도 버스 좀 타볼까나?

오늘 버스 좀 껴안자!

탕후루와 마라탕

탕후루 먹을래?
마라탕 먹을래?
탕후루 먹고 마라탕 먹을까?

요즘 십 대들
각자 행복

마라탕 먹을래?
탕후루 먹을래?
탕후루 먹고 마라탕 먹을까?

요즘 십 대들
각자 행복

보랏빛처럼

사람을 사로잡는 영롱한 보랏빛
오늘따라 보랏빛이 더 예뻐 보인다
보랏빛의 꽃을 꽃병에 꽂는다
영롱한 보랏빛

나비가 날아든다
나비도 보랏빛 꽃에 취했나보다

영롱한 보랏빛 꽃을 보며
시작하는 하루는
온종일 은은하다
내 삶도 은은해진다

무너짐에 대하여

성공한 사람들의 공통점은
어떠한 일이 있어도
무너지지 않는다고 생각한다
절대 인생을 포기하지 않는다
그들의 인생에 끄덕인다

무너지지 않는 마음으로
부서지지 않는 마음으로
일어서는 사람들
새롭게 부활한다

무너지지 않기 위해
부서지지 않기 위해
마음을 부풀린다

무너짐을 불식시킨다
무너짐을 사양한다

그 무너짐에 대하여

거짓말

예쁘다는 거짓말

마음에 든다는 거짓말

괜찮다는 거짓말

신경 쓰지 않아도 된다는 거짓말

거짓말해서 기분 좋은 거짓말

비열하지 않은 거짓말

비웃을 수 없는 거짓말

거짓말이라는 생각이 안 드는 거짓말

서글프지 않은 거짓말

끈기 있는 그런 거짓말

이런 거짓말은 쓰리지 않는다
가끔 빌려도 된다

이해와 오해

머릿속에서 이해
가슴속에서 오해

가슴으로 이해하지 못하면 생기는 오해
이해하지 못하기 때문에 생기는 오해
이해하려고 해도 이해가 안 될 때가 있다
오해하지 않으려고 해도 오해할 때가 있다

난간에 서 있는 기분

마음이 아슬아슬
이해를 잘하는 사람
오해를 잘하는 사람

그들이 만나면
이해를 할까 오해를 할까

아주 아슬아슬해

아주 암팡스러워
마음에 앙금이 생긴다

이해하지 못해도
오해하지 못해도
사뿐할 수 있지

이해하지 못해도
오해하지 못해도
운명이면 그럴 수 있지

강릉

강릉으로 떠난다

파아란 바다를 보러 가는 날
나의 마음은 이미 무장해제

저 바다 깊숙이 들어가 있고
행복한 기운은 바다 위로 떠올라
나를 감싼다

인생의 낙
강릉
강릉으로 오늘도 나는 떠난다

강릉 '너'
낙인찍혔어!

아이스크림

아이스크림처럼
달달하기만 한 인생이 있을까?

달달하기만 한 인생이 있다면
다 녹아버릴걸?
그런 인생
금방 녹을걸?

쓴맛
신맛
짠맛
매운맛도 있어야
진짜 인생이지

그럼 절대 녹지 않아
네 인생 절대 녹지 않아

슬픔이 밀려오는 그런 날

현실에서
벗어날 수 없는 그런 날
내 머리와 내 마음이 빙빙 돈다

그래도 사는 거지 뭐,
그냥 사는 거지 뭐,

슬픔이 밀려올 때
밀어내지 말고
받아
그냥 받아
그냥 받아줘
그러면 자기가 알아서 도망쳐

낮잠 같은 인생

잠을 못 잔 다음 날
최고의 회복은 낮잠

하루를 이어간다
하루를 운반한다
낮잠 같은 인생

꿀맛 같은 인생도
낮잠처럼 시간이 금방 흐른다
낮잠 같은 인생

찰나 시간을 내어 자는
낮잠은 내 마음의 귀향
낮잠 같은 인생은 귀향길

낮잠 같은 인생이란 거
우리의 숙명이 아닐까?

슬픔이 보이는 날

계속 바라보면 슬퍼 보이지?
계속 바라보면 계속 슬퍼 보이지?

슬픔이 보인다
슬픔이 보이는 날

그 슬픔을 꺼지게 하고 싶다
그 슬픔을 깨지게 하고 싶다
그 슬픔을 꺾어 버리고 싶다

슬픔이 더 이상 보이지 않게
그 슬픔을 꺼지게 깨지게 꺾어 버리고 싶다

슬픔이 보이는 날

침묵

말보다 침묵이 강할 때
그게 진짜거든

침

·

·

·

·

·

·

묵

뒷모습

누군가를 만나고 헤어질 때 마음이 클수록
뒷모습을 보여주기 그렇게 싫더라
뒷모습을 보여주기 참 싫더라

내 마음
계속 나는 바라본다

점처럼 흐려질 때까지
꽈아악 껴안는다

내 사람들

처음 만나도 어색하지 않은
불편하지 않은 사람들은
잘 웃는다
같이 있으면 즐겁다

그들은 내 삶에 깊이 스며 들어온다
디딤돌이 되어 내 맘에 들어온다
전생에 인연이었는지
현생에서 인연이 맺어진다

마음이
깊어지는 그런 사람들
내 사람들을 만나면
막혔던 코가 뻥 뚫리는 기분이다
내 사람들을 만나면
내 마음의 뾰루지도 없어진다

그들도 나도 마음에 봄볕이 내린다

내 사람들
내 사람들
내 사람들

아름답다는

'예쁘다'는 그 말 좋지

얼굴이 '예쁘다.'
마음이 '예쁘다.'
옷이 '예쁘다.'

'아름답다'는 말 그 말은 더 좋지
'아름답다'는 '예쁘다'를 넘어선다

아.름.답.다
기품이 느껴지고 우아한 그 말
아.름.답.다

뾰족하지 않은 말
아.름.답.다
'아름답다'는 말은
나를 뻥긋거리게 만든다

햇살

창문을 활짝 열고
햇살을 삼켜본다
'꿀꺽'
내 영혼까지 들어온다
기분 참 오묘하다

기분 좋은 햇살
햇살 좋은 기분
환하고 밝은 햇살
햇살 같은 사람으로 기억되고 싶다

디저트는 사색

언제나 즐거운 산책
언제나 행복한 산책
산책의 디저트, 사색
사색을 먹으면 산책이 더 맛있어진다

산책의 즐거움
사색의 즐거움

행복은 가까이 있다
소소한 일상에서 찾는
산책의 즐거움
사색의 즐거움
정말 맛있는 디저트
사색까지 먹으니 더 행복해진다

오늘은 배부르게
사색이라는 디저트를 체할때까지 먹을 생각이다

산책의 디저트 사색을 먹으면
월급날보다 더 행복한 날이 된다

그래,

그래, 너 잘하고 있어

그래, 너 잘 될 거야

그래, 너 잘 버티고 있어

사실 이 말이 하고 싶었어

그래, 나 잘하고 있어

그래, 나 잘될 거야

그래, 나 잘 버티고 있어
이제야 나에게 던져 본다

3부

때를 놓친 기쁨

인생의 낙

매콤한 인생에서
꼭 필요한 것
인생의 낙

인생의 낙이 있어야
삶을 지킬 수 있다
거창한 거 필요 없다

자연과 함께라면
그것이 인생의 낙
바다, 강, 산, 들, 별, 하늘……
마음이 꽉 차오른다
행복이 넘쳐흐른다

낙을 찾아라……
인생의 낙을……

눈

따뜻한 마음을 지닌 사람들은 눈이 참 맑다
눈으로 어루만져 준다

등불보다 따뜻한 눈
우리 다음에 만나면 눈으로 말해요
따뜻하게 말해요

눈은 마음의 창이라는 그 말
나는 믿는다

볼살 시절

어릴 때는 볼살이 많은 게 싫었다
예뻐 보이지 않았다
어릴 적 볼살의 명분은 젖살
볼살 시절, 젖살 시절이 그립다

볼살 친구
볼살 음악
볼살 음식
볼살은 나의 추억

그 시절 볼살 아이가 그립다
볼살이 없어질수록
내 걱정의 크기는 커지고
내 머릿속은 복잡해져 갔다

어른이 되는 신호
볼살이 없어지는 시기

요러쿵조러쿵
나는 어른이 되었다
내 머릿속은 걱정의 창고가 되었다

걱정은 이자가 붙고
복리가 붙어 늘어났고
내 볼살은 점점 없어져만 갔다

어른이 되는 신호
볼살이 없어지는 시기
칭얼거리는 목소리의 음량은
어느새 음 소거가 되었다

그리운 볼살 시절

기다림

누군가를 가장 오랫동안 기다린 시간

몇 일?
몇 달?
몇 년?

버거운 시간일 수도 있겠지
평생을 기다릴 수도 있겠지

진짜 기다림은
기다리고
기다리고
기다리는 것

기다림이라는 것
참 요염하다

기다림이라는 것

사람을 홀린다

식사 시간

식사 시간 우리는 벌거숭이가 된다
마음에 입힌 옷을 벗는다
혼자보다는 함께가 좋은
식사 시간
우리 사이
밥 먹는 사이

밥 먹는 사이
우리 사이
진짜 우리 사이

마음을 벌거벗는
식사 시간

초대

내 사람이라는 신호, 초대
네 사람 말고 내 사람
내 공간에 다른 이를 초대한다는 건
마음을 열었다는 신호

누군가를 초대해 본 적이 있는가
누군가에게 초대를 받아본 적이 있는가
누군가를 초대해 보고 싶은 적은 있는가

누군가를 초대한다는 건
내 사람이라는 신호
사람을 초대하고 싶은 욕망이 생긴다는 건
내 사람이라는 신호

내 사람이라는 신호가 오면
초대하고 싶은 마음이
용수철처럼 튀어 오른다

꿈꾸는 인생

꿈이 없는 인생은 참 슬퍼
이룰 수 없는 꿈이라 해도
꿈은 있어야 해

살랑살랑한 꿈 하나는 있어야지
이루지 못해도 괜찮아
꿈이면 다 괜찮아
꿈을 꾸면 기분이 좋아지거든

노력하지 않아도 좋아
그건 내 맘이잖아
꿈은 꿈이라서 좋은 거야

뜨거운 인생

여름은 뜨겁다
가열하게 뜨겁다
우리 인생도 계속 뜨거우면 좋겠다

우심방 우심실
좌심방 좌심실
가열하게 뜨거운 인생
뜨거운 인생은
나만의 우주가 된다
나만의 우주를 가열하게 운전한다

인생이 더 뜨거워졌다

우심방 우심실
좌심방 좌심실
계속 뜨거워진다
마구 뜨거워진다

비눗방울

비눗방울 안에 세상이 비친다
넓은 세상이 비눗방울 안에 다 들어가 있다
세상은 비눗방울에게 말한다
터질 거니?
떨어질 거니?
없어질 거니?

비눗방울은 말한다
"의지하지 마."

걱정의 소리

시끄러운 소리가 나면
잠을 못 잔다
귀가 예민하다
예민함은 예민함을 몰고 온다
걱정은 걱정을 몰고 온다
걱정이 많아지면
걱정의 소리만 가득해진다
더 예민해진다

옷을 갈아입듯이
걱정을 갈아입고 싶다
걱정을 의심하고 싶다

걱정하지 않는 곳으로
이사가자
'감사'라는 곳으로
이사 가자

오늘도 감사 일기를 쓴다

인연

우연이 아닌 인연
인연이 아닌 우연
인연이라고 생각했지만
인연이 끊어지기도 한다

그동안 몇 번의 우연과 인연이 있었을까?

음흉한 인연이라면 그건 우연이다
교활한 인연이라면 그건 우연이다
현금인출기처럼 필요할 때만 꺼내 쓰는 우연이라면
인연이라는 이름으로 봉합하고 싶지 않다

비 내리는 날

비 내리는 날
나는 부자가 된다

색다른 세상에
색다른 사람이 되어
비 내리는 날
나는 부자가 된다

비 내리는 날
부자 되는 날

비 내리는 날
내가 부자 되는 날

마음대로 생일

생일 케이크 없는
생일 파티도 괜찮다
생일에 꼭 케이크가 있어야 할까?
생일 파티에 생일 케이크가 없다면 미완성일까?

형식에 벗어나는 것도 괜찮다
생일이니까
오늘은 내 생일이니까 내 마음이니까

생일 케이크 대신 장조림도 괜찮다
생일 케이크 대신 청국장도 괜찮다

오늘은 내 생일이니까

추억의 음악

음악은 추억을 소환한다

음악 + 사람
음악 + 날씨
음악 + 영화

음악은 추억을 소환한다
추억이 너무나 잘 보인다
음악이 보인다
추억이 보인다

음악은 추억을 소환한다
추억이라는 녀석이 마구 진입한다
마음에 천둥이 친다

음악 + 사람
음악 + 날씨
음악 + 영화

음악을 들으면 추억이 소환된다
언제나 반가운 그 녀석
내 마음에 추억을 한 번 더 일러바친다
일러바치면 혼이 난다
추억을 더 지피라고 더 혼이 난다

오늘은 추억의 음악을 들으며
더 많이 일러바쳐야겠다

나무 같은 사람

우직하고 듬직한
나무 같은 사람
한 자리에 묵묵히
그 자리에 있는 나무 같은 사람

얇고 가볍고 부러진 나무가 아닌
두껍고 우직한 튼튼한 나무
나무 같은 사람
그런 사람을 만나고 싶다

팔짱 끼고 기다리는 사람보다는
팔 벌려 나를 반겨주는
그런 사람을 만나고 싶다

그런 사람을 만나면
얼굴 표정도 마음의 표정도
잘 익어 갈 것 같다

나무 같은 사람
그런 사람을 만나고 싶다

삶의 무게

벌이 날아와 내 얼굴을
마음껏 쏘고 가는 그런 느낌
머리부터 발끝까지
무언가 나를 조여 오는 느낌

오른쪽 왼쪽
각각의 삶의 무게 총합이
문득 궁금해진다
가벼운 인생을 살고 싶다
악착같은 삶 내려놓고
가벼운 인생을 살고 싶다
내 삶의 무게에서 승소하고 싶다

인생의 흐름

참 그래
흐름 이라는 거 말야......

신호등처럼
빨간불이 녹색불로
녹색불이 빨간불로
그냥 흘러가는 거잖아

인생은 흐름이야
인생 그냥 흘러가잖아

잡지 말자
애쓰지 말자
힘들어하지 말자
그냥 두자

그게 인생이거든
인생, 흐름이잖아

동화책 같은 세상

동화책 속의 주인공이 되어
동화책 세상 속에서 살면
동화 같은 일이 일어날까
동화 같은 세상에 살고 싶다

마음이 너무 가느다래져서
동화 같은 세상에 살고 싶은데
그거참 많이 힘들다

동화책 같은 세상 속에서 살면
매일매일 나는 세계 일주를 할 거다
내 마음이 동그래져서
세상이 다 예뻐 보일 것 같다

4부

시들지 않는 하루

검정과 하얀

어두운 검정
밝은 하얀
마음에서 즙이 나온다

사람의 마음
검정과 하얀
어디에 가까운 사람일까
검정? 하얀?

검정색인가 하얀색인가
하얀색인가 검정색인가

우리는 모두
검정색과 하얀색
누군가에게는 검정
누군가에게는 하얀

우리는

하루에 몇 번 검정색이 되고
몇 번 하얀색이 될까

재배열을 해본다
검정과 하얀
하얀과 검정

검정에 주사를 놓는다
하얀이 되었다
하얀 즙으로 물들어졌다

울 엄마 배

나는 울 엄마 배가 참 좋다
나를 태어나게 해준 울 엄마 배에게 고맙다

엄마 배를 만지면
어렸을 때로 돌아간 것 같은 기분이다
엄마 냄새가 난다
울 엄마 냄새가 나는 참 좋다

엄마 배를 만지면
가슴츠레 눈이 감긴다
잠이 든다

엄마라고 부를 수 있게 자격을 준
엄마에게 고맙다
엄마의 딸로 태어날 수 있는 자격을 부여해 준
엄마에게 고맙다

엄마를 볼 수 있는 자격

엄마의 배를 만질 수 있는 자격

울 엄마한테
엄마라고 부를 수 있는 사람은
전 세계 나 한 명이다
특별한 자격을 부여해 준 울 엄마
내가 정말 사랑해

기록

생각을 하는 순간
교태를 부리게 된다

'기록'은 그냥 적으면 된다
'기록'하는 그 순간은 그냥 기록만

이 기록이 언젠가 쓰임새가 있겠지......라는
생각 따위는 하지 않는다

'기록'은 '기록'
그 자체로 아름다운 것

무언가를 바라는 마음으로
'기록'을 한다는 건
일확천금을 꿈꾸는 로또 같은 생각

'기록'은 '기록'
그 자체로 아름다운 것

그뿐이다

'기록'

슬픈 이별

사랑하는 사람과의 헤어짐은
슬픔 제곱의 제곱의 제곱이상이다

가족과의 이별
연인과의 이별
친구와의 이별

이 세상의 모든 이별은 늘 슬프다
사랑과 이별의 슬픔은 늘 비례한다
많이 사랑한 만큼 많이 슬프다
갑작스런 이별은 온몸에 힘이 풀린다
주저앉는다

이별의 슬픔은
삶을 무섭고 싸늘하게 만든다
삶이 차갑고 무거워진다

참 싫다

참 힘들다
이 세상에 감당할 수 있는 이별은 없다

이별의 슬픔을
휴지통에 모두 다 던져 넣어
버릴 수 있다면 얼마나 좋을까
마구 흔들어서
없애 버릴 수 있다면 얼마나 좋을까

휴지에 '흥' 하고 코 풀듯
이별 '흥' 하고 바로 버릴 수 있으면
아프지 않을 텐데 말이야

슬픈 이별은 언제나 겨울이다
늘 춥다

졸리지 않는 사람

피곤할 때
지루할 때
쉬고 싶을 때
졸리다

즐거울 때
재미있을 때
웃길 때
졸립지 않다

불편할 때 느끼는 졸림
졸린 사람 되지 말자
불편한 사람 되지 말자
편한 사람이 되자
호탕한 사람이 되자

호기심이 생길 때
우리는 졸리지 않는다

호기심이 생기는 사람
함께 있을 때 졸리지 않는 사람
그런 사람이 되자

인색하지 않은 사람
베풀 줄 아는 사람
자그마한 마음이라도 나눠주는 사람
그런 사람이 되자
졸리지 않는 사람이 되자

허황된 미련

허황된 미련은 평생을 망친다
미련 남기지 말자
허황된 미련은 저 멀리 날려 버리자

허황된 미련은 평생을 망친다
허황된 미련은
내가 나에게 주는 형벌이다
형벌 대신 마음과 협상을 해라

허황된 미련은
세찬 바람과 거센 물결이 되어
사람을 가혹하게 만든다

허황된 미련은
폭우가 되고 폭풍우가 되어
사람을 가혹하게 만든다

이제는 새로운 풍경을 그리자

새로운 색깔들로
멋진 풍경화를 그려보자

사계절의 행복

사계절
모두의 계절
행복한 계절

봄에는 꽃이 피어서 좋다
내 마음에도 꽃이 핀다
여름에는 비가 내려서 좋다
비가 내리면 내 마음이 촉촉해진다
가을은 낙엽이 내게 온다
추풍낙엽이라 했던가
낙엽 밟는 소리가 좋다
겨울은 눈이 내린다
몸은 춥지만 마음은 춥지 않다

모든 계절이
우리에게 쏟아진다
모든 계절이 스쳐 지나간다

그래도 좋다
또 오니까

또 봄이 온다 또 여름이 온다
또 가을이 온다 또 겨울이 온다
다시 내게로 쏟아지겠지

사계절의 반복
봄. 여름. 가을. 겨울
나는 행복하다
사계절 내내 나는 행복하다

혼자서 차.차.차

혼자서 차.차.차
혼자 차를 마시며 생각에 잠긴다
나를 씻겨준다

추운 날 따뜻한 차 한 잔을 마시면
뜨거운 열기가 나를 채워준다
온몸이 말캉말캉해진다

차.차.차
함께여도 좋고
혼자여도 좋다

그래도 오늘은
나 혼자 차.차.차

밤의 별

밤에만 볼 수 있는 별
낮에는 볼 수 없는 별

어두운 밤에만 볼 수 있는
밤하늘의 빛나는 별
묵묵히 밤하늘을 밝혀주는 밤의 별

별에게 안부를 묻는다
"잘 버티고 있니?"
버티는 삶이란 별 같은 삶이 아닐까

별은 버티다 떨어진다
별은 버티다 없어진다
별은 영원하지 않다
진다... 진다...... 사라진다... 사라진다......

우리 삶도 그렇다
밤의 별처럼 빛날 때도 있고

밤의 별처럼 사라질 때도 있다
밤의 별······

여행

먼 곳으로 떠나고 싶다
내 일상과 최대한 멀리 있는 곳으로 가서
새로운 나와 파티하고 싶다
장시간 비행기를 타고
평온함과 다른 얽힘을 느끼고 싶다
낯선 곳에 가서
나와 다른 사람들을 만나
다른 생각을 해보는 것
그것이 진짜 여행이지

액셀과 브레이크

결국엔
맞지 않았다는 거
맞는 것처럼 사랑하더니
이제는 안 맞아서
헤어짐이래

사랑을 할 때는 다 맞다고 하더니
결국엔 맞지 않았다는 거

사랑할 때 액셀이더니
이별할 때는 브레이크야
사랑의 유통기한이 끝났다

흩날린다
흩어진다
사랑의 유통기한이 끝났다

유쾌한 가로등

어두운 길목을
밝혀주는 가로등
눈 아프지 않니?
다리 아프지 않니?

고맙다!
너가 없었으면
난 길을 잃었을 거야

가로등 같은 사람이 되자
누군가를 환하게 비춰줄 수 있는 사람
유쾌한 가로등 같은 사람이 되자

유리창

더러워진 유리창을 닦는다
마음이 깨끗해진다
3초간 아이 컨텍트
더러워진 나의 마음도 씻겨나간다

슬픔이 턱 밑까지 차오를 때
유리창을 '쓱싹쓱싹' 닦으면
내 마음의 상처도 지워진다

마음이 아파서
털썩 주저앉고 싶을 때는
유리창을 닦는다

부드러운 푸딩이 목 안으로 넘어가는 기분이다
내 마음이 보들보들해진다
마음의 덩어리가 말캉해진다

마음을 읽는 능력

마음을 읽을 수 있다면 얼마나 좋을까
상처를 주지도 받지도 않을 텐데
그가 무엇을 좋아하는지
그녀가 무엇을 싫어하는지 알 수 있을 텐데
마음을 읽는 능력을 갖고 싶다
그럼 참 쉬울 텐데

엘리베이터

엘리베이터에 갇힌 적이 있었다
무서웠다
나 혼자뿐
밖의 소리가 들리지 않는다
밖의 모습이 보이지 않는다
오직 나에게만 집중 그리고 문이 열렸다
세상과 다시 하나가 되었다
치솟았다

느낌

'느낌'
나 잘 몰라
이유가 없어
일평생 헤어질 수 없지
일부러 만들 수 없어
그냥 좋은 거지
그냥 싫은 거지

만들지 않아도
자연스레 나오는 것
'느낌'
일평생 헤어질 수 없는
'느낌'

잘 몰라
이유가 없어
그냥 좋은 거지
그냥 싫은 거지

몸에서 인슐린이 나오는 것처럼
마음에서 인슐린이 나오는 거야
'느낌'은 그런 거야
 마음의 인슐린 같은

무지개

빨
주
노
초
파
남
보

무지개

네 인생도 그렇단다

다양하게 살아봐
발목 잡히지 말고

어느 날은 빨간색
어느 날은 주황색
어느 날은 노란색

어느 날은 초록색
어느 날은 파란색
어느 날은 남색
어느 날은 보라색

그러다가
무지개색이 아닌 날도 있어
그럴 땐
흐트러지는 거야

색이 없어도 괜찮아
너의 취향대로 살아봐
입체적으로 살아봐
끌려가지 말고 끌고 가봐
빨. 주. 노. 초. 파. 남. 보 무지개처럼 말이야

아픔 안의 슬픔, 슬픔 안의 아픔

아픔과 슬픔
슬픔과 아픔이 있기에 우리는 성숙해져
슬플 때 아퍼 아플 때 슬퍼

눈물이 나
멈추지 않아
누구는 참더라
눈물을 참고 아픔을 참고 슬픔을 참아

아프면 울어도 돼
슬프면 화내도 돼

아픔 안의 슬픔
슬픔 안의 아픔
참 희한한 감정이야
웃을 수가 없거든

언젠가 슬픔이 멈추고

아픔이 끝나면 웃을 수 있어
그러니 지금 충분히 아프고 슬퍼해도 돼

낮잠 같은 인생

초판 발행ㅣ 2024년 11월 8일

지은이   신유아
펴낸이   안호헌
에디터   윌리스

펴낸곳   도서출판 흔들의자
        출판등록   2011. 10. 14(제311-2011-52호)
        주소   서울특별시 서초구 동산로14길 46-14. 202호
        전화   (02)387-2175
        팩스   (02)387-2176
        이메일   rcpbooks@daum.net(원고 투고)
        블로그   http://blog.naver.com/rcpbooks

ISBN 979-11-86787-60-1 03810
ⓒ신유아